Lalau e Laurabeatriz

Belezura marinha

Editora
Peirópolis

Copyright © 2010 by Lalau
Copyright © 2010 das ilustrações by Laurabeatriz

Editora
Renata Farhat Borges

Editora adjunta
Luciana Tonelli

Produção editorial
Carla Arbex
Lilian Scutti

Projeto gráfico e editoração eletrônica
Thereza Almeida

Dados Internacionais
de Catalogação na Publicação (CIP)
(Câmara Brasileira do Livro, SP, Brasil)
_____

Lalau
Belezura marinha / Lalau; [ilustrações de]
Laurabeatriz. -- São Paulo: Peirópolis, 2010. --
(Coleção bicho-poema; v. 3)

ISBN 978-85-7596-185-8

1. Animais - Literatura infantojuvenil
2. Literatura infantojuvenil 3. Poesia - Literatura
infantojuvenil I. Laurabeatriz. II. Título.
III. Série.

10-07664   CDD-028.5
_____

Índices para catálogo sistemático:
1. Poesia : Literatura infantil 028.5
2. Poesia : Literatura infantojuvenil 028.5

1ª edição, 2010 | 4ª reimpressão, 2022

Disponível também na versão digital nos formatos
KF8 (ISBN 978-85-7596-434-7) e ePUB (ISBN 978-85-7596-428-6)

Editora Peirópolis Ltda.
Rua Girassol, 310f – Vila Madalena
05433-000 – São Paulo – SP
tel.: 55 11 3816-0699
vendas@editorapeiropolis.com.br
www.editorapeiropolis.com.br

Para Gaivota

Sumário

Tartaruga-cabeçuda, 8

Baleia-franca, 10

Tartaruga-aruanã, 12

Boto-cinza, 14

Tartaruga-de-pente, 16

Lontra, 18

Baleia-jubarte, 20

Peixe-boi-marinho, 22

Golfinho-rotador, 24

Tartaruga-de-couro, 26

Leão-marinho-do-sul, 28

Tartaruga-oliva, 30

Boto, 32

Bichografia, 34

Os autores, 43

Tartaruga-cabeçuda

Se tivesse
Barba de bode,
Seria
Tartaruga-barbuda.

Pescoço de girafa,
Tartaruga-pescoçuda.

Orelhas de elefante,
Tartaruga-orelhuda.

Barriga de hipopótamo,
Tartaruga-barriguda.

Ainda bem
Que nada disso
Ela tem.

Baleia-franca

Um canhão.

Um arpão.

E aflora a cauda negra
Da baleia-franca.

Como quem agita
Uma bandeira branca.

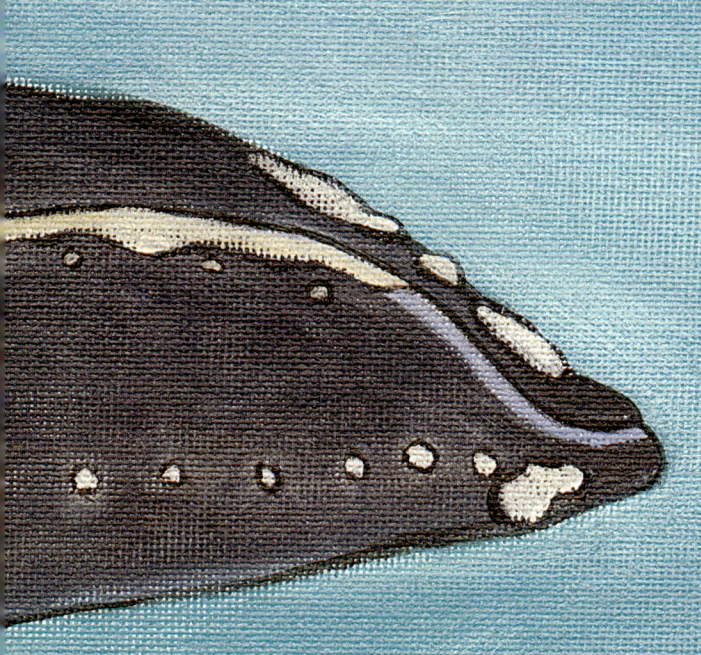

Tartaruga-aruanã

– Bom dia,
Gaivota.
Que bela manhã!

– Você está lindo,
Linguado.
Parece um galã.

– Dor de cabeça,
Lagosta?
Quer chá de hortelã?

– Oi, caranguejo.
Aceita um pedaço
De torta de maçã?

– Boa noite,
Tubarão-martelo.
Até amanhã...

Viu só,
Como é bem educada
A tartaruga-aruanã?

Boto-cinza

Corre atrás de atum,
Cutuca guaiamum.

Puxa bigode de camarão,
E diz que foi o agulhão.

Manda beijo
Para a namorada
Do badejo!

Belisca jacaré
E, depois, dá no pé.

Provoca a barracuda,
E é um Deus nos acuda!

Boto-cinza faz bagunça
Em qualquer lugar.

Seja no rio, seja no mar.

Tartaruga-de-pente

Anchova fez escova.
Tainha pediu chapinha.
Leão, topetão.

Irerê colocou tererê.
Marreca cortou careca.
Pelicano, punk-moicano.

O salão de beleza
Da tartaruga-de-pente
Atende toda a natureza!

Lontra

Desmatamento?
Sou contra.

Poluição das águas?
Sou contra.

Pesca predatória?
Sou contra.

Tráfico de animais?
Sou contra.

Um peixinho bem gostoso?
Sou lontra!

Baleia-jubarte

O bolo era do tamanho
De uma montanha!

O brigadeiro, nem se fala:
Um docinho sozinho
Não cabia na sala!

Serviram hot dog também,
Com salsicha
Maior do que um trem!

E apenas um pastel
Já dava para alimentar
Um quartel!

No aniversário
Da baleia-jubarte,
Tinha coisa gigante
Por toda parte.

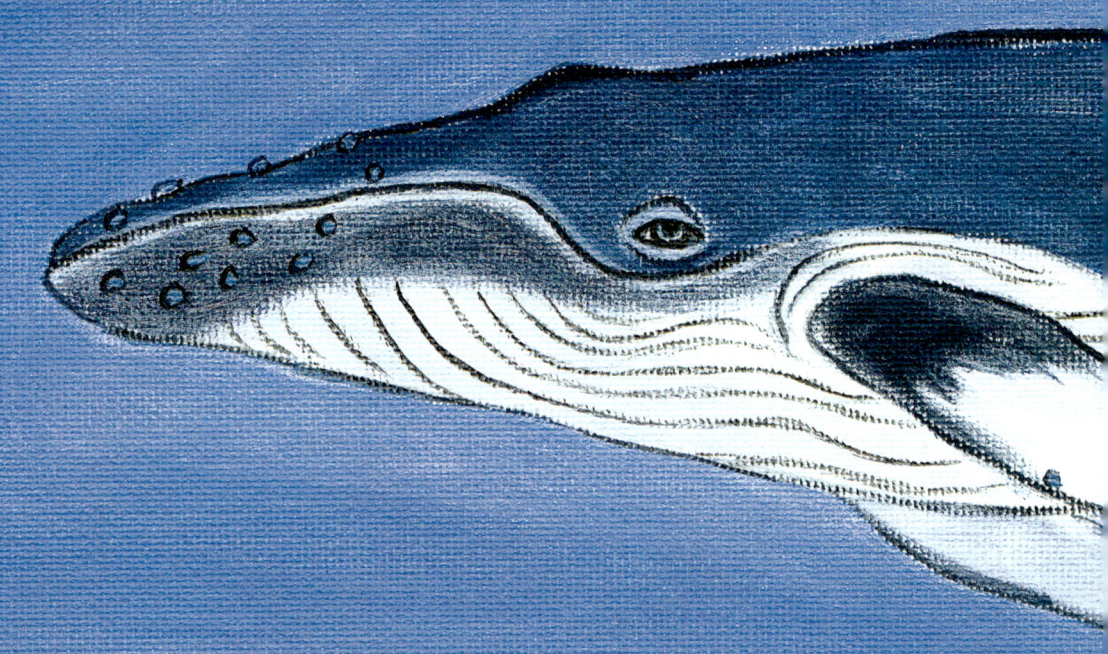

Peixe-boi-marinho

Peixe-boi-marinho,
Sabe onde mora
O socó-dorminhoco?

– É meu vizinho!
A casa dele é ali,
Naquele toco.

– Peixe-boi-marinho,
Sabe como está
O caranguejo?

– É meu vizinho!
Mas faz tempo
Que eu não o vejo.

– Peixe-boi-marinho,
Sabe por onde anda
O mexilhão?

– É meu vizinho!
Parece que foi viajar
Com o camarão.

– Puxa! Você conhece
O mangue inteiro!

– Conheço sim!
Mas, não sou fofoqueiro...

Golfinho-rotador

Respeitável público,
O show já começou!

Ele sobe bem alto,
Parece elevador.

Ele voa para o céu,
Feito disco voador.

Ele gira rapidinho
Igual liquidificador.

Palmas para
O golfinho-rotador.

Ele faz tudo isso,
E nem precisa
De motor!

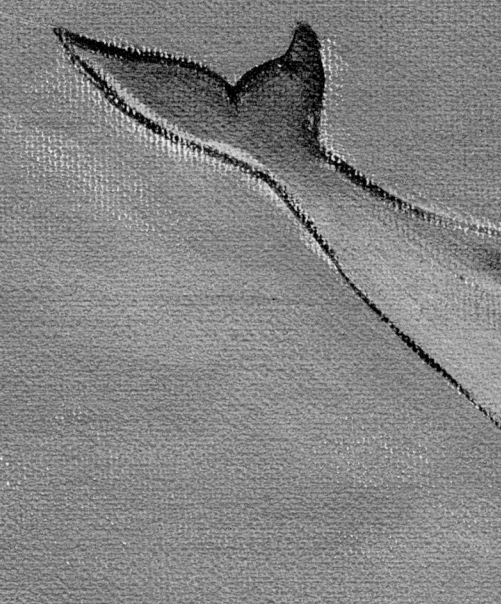

Tartaruga-de-couro

Hoje, Suriname e Panamá.
Amanhã, onde estará?

Talvez, nadar até
Sri Lanka e Nova Guiné.

E, na próxima semana,
República Dominicana!

Viajar para o sul
De olho no leste.
Chegar ao norte,
Pensando no oeste.

Pela vida inteira,
Tartaruga-de-couro
Segue os rumos
De sua alma
Aventureira.

Leão-marinho-do-sul

Segunda-feira:
Manjuba empanada.

Terça-feira:
Merluza apimentada.

Quarta-feira:
Lula recheada.

Quinta-feira:
Corvina assada.

Sexta-feira:
Sardinha grelhada.

Sábado:
Filé de pescada.

Domingo:
Garoupa acebolada.

Não é à toa que,
Depois do almoço,
O leão-marinho
Fica com a juba molhada!

Tartaruga-oliva

Uma pincelada verde
No quadro azul.

Uma pedra verde
No colar azul.

Uma flor verde
No jardim azul.

Tartaruga-oliva,
Uma pequena diva.

No mar azul.

Boto

O boto ama
O mar,
Como a abelha
Ama o mel,
E a estrela, o céu.

O boto adora
O mar,
Como a onda
Adora o rochedo,
E a criança,
Seu brinquedo.

O mar protege
O boto,
Como um pai,
O seu garoto.

Tartaruga-cabeçuda

Também conhecida como tartaruga-mestiça, é a que faz o maior número de desovas em praias brasileiras, como as do norte do Rio de Janeiro, e especialmente as da Bahia, Espírito Santo e Sergipe.

Tem a cabeça proporcionalmente maior do que as outras espécies, chegando a medir 25 centímetros. Sua carapaça tem medida curvilínea média de 110 centímetros e seu peso médio é de 150 quilos, podendo chegar a 250 quilos.

Onívora, gosta de tudo: crustáceos (principalmente camarões), moluscos, águas-vivas, hidrozoários, ovos de peixes e algas. Habita profundidades rasas de até 20 metros. Suas mandíbulas poderosas servem para triturar as conchas e carapaças das presas.

A tartaruga cabeçuda é pouco procurada pela carne, embora os ovos ainda sejam comercializados em alguns lugares do mundo.

Nome científico: *Caretta caretta*.

Baleia-franca

A baleia-franca é bem bonita e muito grande. Pode pesar mais de 60 toneladas. A fêmea adulta atinge até 18 metros de comprimento e é sempre maior que o macho. O filhote também é grandão: nasce, em média, com 5 metros! O parto acontece embaixo d'água e a mãe o empurra até a superfície para que ele possa respirar pela primeira vez.

No Brasil, é encontrada desde as águas costeiras da Bahia até o Sul do país, concentram-se no Rio Grande do Sul e em Santa Catarina.

Alimenta-se principalmente de krill, uma espécie de camarão. Ao invés de dentes, elas têm barbatanas na boca – uma estrutura parecida com um pente que serve para prender o alimento e expelir a água que entra junto com o alimento.

No passado, foi uma das espécies de baleia mais caçadas em todo o mundo. As principais ameaças, hoje, são as colisões com embarcações e as capturas acidentais em redes de pesca.

Nome científico: *Eubalaena australis*.

Tartaruga aruanã ou verde

É a mais conhecida das tartarugas marinhas, e recebeu o nome de tartaruga verde por causa da cor da gordura localizada abaixo da carapaça. Vive nos mares tropicais e subtropicais, em águas costeiras com muita vegetação, ilhas e baías, onde se sente mais protegida.

Sua alimentação varia durante seus ciclos de vida: até atingir 30 centímetros de comprimento, alimenta-se essencialmente de crustáceos, insetos aquáticos, ervas marinhas e algas; acima de 30 centímetros, come principalmente algas. É a única tartaruga marinha que é estritamente herbívora em sua fase adulta.

Pesa, em média, 160 quilos, mas pode atingir até 300 quilos. É uma espécie inteiramente marinha e somente as fêmeas têm contato com a terra quando põem os ovos nas praias. Encontra-se ainda ameaçada após um longo período de caça intensa devido à sua carapaça, seu couro e sua carne, usada para fazer sopa.

Nome científico: *Chelonia mydas*.

Boto-cinza

Esse boto da família dos delfinídeos tem hábitos tanto costeiros e estuarinos como fluviais (de água doce), e distribui-se na América do Sul e Central. Também é conhecido pelo nome de boto-comum. O boto que vive na água doce também é conhecido como "tucuxi" e pode chegar a 1,70 metro de comprimento e pesar 50 quilos. Já o boto-cinza, que vive no mar e frequenta os estuários, pode chegar a 2 metros e 80 quilos.

É muito simpático, sociável e excelente nadador, atingindo velocidades de até 60 quilômetros por hora e saltando até 5 metros acima da água. Pode viver até 80 anos.

Alimenta-se de peixes, lulas e ocasionalmente de crustáceos. Possui uma técnica infalível de pesca: vários botos juntos cercam as presas, deixando-as sem saída! As fêmeas dão à luz a apenas um filhote após um ano de gestação, e, durante o trabalho de parto, é comum a mãe ser ajudada por outros membros do grupo.

Nomes científicos: *Sotalia guianensis* (marinha) e *Sotalia fluviatilis* (fluvial).

Tartaruga-de-pente

Prefere viver em recifes de corais e águas costeiras rasas, mas pode ser encontrada, ocasionalmente, em águas profundas.

É considerada a mais bonita das tartarugas marinhas. Tem a carapaça formada por escamas marrons e amarelas, sobrepostas como as telhas de um telhado. O casco pode medir até 1 metro de comprimento e pesar 150 quilos. Tem este nome porque seu casco foi muito usado na fabricação de pentes, armações de óculos, talheres e outras coisas. Por isso, é uma das mais ameaçadas de extinção.

Fernando de Noronha é um dos últimos refúgios para abrigo e crescimento da tartaruga-de-pente. Alimenta-se de peixes, caramujos, siris e principalmente de esponjas. É também conhecida como tartaruga-legítima e tartaruga-verdadeira. Uma de suas principais características é a boca em forma de bico, que permite a caça entre corais.

Nome científico: *Eretmochelys imbricata*.

Lontra

A lontra é um mamífero que gosta mais da água do que da terra! Por essa razão, possui as patas largas com membranas interdigitais para nadar atrás dos peixes, seu prato predileto. Mas ela também se alimenta de crustáceos, anfíbios, mamíferos, insetos e aves.

Pode ser encontrada em vários tipos de ambientes aquáticos: rios, lagos de água doce, lagunas, baías e enseadas de água salgada.

No Brasil, ela vive na Amazônia, no Cerrado, na Mata Atlântica, no Pantanal e nos Campos do Sul. É um animal de porte médio, medindo no total cerca de 1 metro e pesando de 5 a 12 quilos. A cauda pode chegar a até 57 centímetros. Normalmente, os machos são maiores que as fêmeas.

O acasalamento acontece dentro da água e os filhotes nascem em ninhos construídos em terra firme.

Nome científico: *Lontra longicaudis*.

Baleia-jubarte

A baleia-jubarte é também conhecida como baleia-preta, baleia-corcunda, baleia-xibarte, baleia-cantora ou baleia-de-bossa. Vive em mares do mundo inteiro. O macho mede de 15 a 16 metros. A fêmea é um pouquinho maior. Seu peso médio é de aproximadamente 40 toneladas. A maior já encontrada até hoje media 19 metros!

Gosta de nadar vagarosamente e saltar para fora d'água, quando deixa suas nadadeiras peitorais à mostra. E, ao mergulhar, sua grande nadadeira caudal é que aparece. Aliás, entre as grandes baleias, é a espécie mais brincalhona e acrobática.

Geralmente, é avistada sozinha ou em pequenos grupos de 3 a 5 baleias. Sua alimentação variada inclui principalmente crustáceos e pequenos peixes.

A baleia-jubarte pode emitir grande diversidade de sons, formando cantos, que mudam com o passar dos anos e de acordo com o grupo a que pertence.

Nome científico: *Megaptera novaeangliae*.

Peixe-boi-marinho

O peixe-boi-marinho existe há milhões de anos. Já foi muito encontrado no litoral brasileiro, do Espírito Santo ao Amapá. Hoje, só aparece em poucos lugares do Norte e Nordeste, sozinho ou em pequenos grupos, nadando em águas tranquilas próximas a manguezais para acasalar e reproduzir.

Durante séculos, foi caçado pelos homens. Atualmente, seus grandes problemas são a destruição do seu habitat e os acidentes causados pelas redes de pesca ou pelos motores das embarcações.

É bem maior que o peixe-boi da Amazônia: pode chegar até a 4,50 metros de comprimento e pesar mais de 600 quilos! Outra diferença é que o peixe-boi marinho tem unhas na nadadeira peitoral e o da Amazônia não tem.

Hoje, é o único mamífero aquático exclusivamente herbívoro que existe.

Nome científico: *Trichechus manatus manatus*.

Golfinho-rotador

O golfinho-rotador tem esse nome por causa dos saltos e piruetas que dá fora d'água: ele pula bem alto e gira o corpo, fazendo rápidos movimentos de rotação. É muito legal! É um golfinho oceânico e tropical, que vive em grupos de três a mais de dois mil indivíduos. Na costa brasileira, habita as águas do arquipélago de Fernando de Noronha, em Pernambuco, onde virou símbolo da preservação ambiental.

Pode atingir, em média, 1,90 metro de comprimento e 70 quilos de peso. Seus alimentos preferidos são lulas, camarões e peixes.

Existem muitas leis que protegem o golfinho-rotador no Brasil e em outras partes do mundo. Mas ele ainda é vítima das redes de pesca e da poluição nos oceanos.

Nome científico: *Stenella longirostris*.

Tartaruga-de-couro

É a maior espécie de tartaruga que existe, por isso também recebe o nome de tartaruga-gigante. Pode medir 2 metros de comprimento e pesar 700 quilos! Ela tem o casco menos rígido que o de outras tartarugas marinhas, com uma camada fina e resistente de pele, bem parecida com o couro.

Suas grandes nadadeiras peitorais proporcionam muita força e velocidade, permitindo viajar longas distâncias: entre os oceanos Índico, Pacífico, Atlântico e o Círculo Polar Ártico. E ela pode mergulhar até quase 1.000 metros de profundidade!

Alimenta-se principalmente de águas-vivas que, às vezes, são confundidas com sacos e pedaços de plástico jogados ao mar. Eles podem machucar ou mesmo matar uma tartaruga-de-couro.

Desova em costas brasileiras, no litoral do Espírito Santo.

Nome científico: *Dermochelys coriacea*.

Leão-marinho-do-sul

Ele lembra mesmo um leão porque possui uma juba ao redor do pescoço, tem uma mordida muito perigosa e é muito agressivo. Por isso, é bom ficar bem longe dele e dos seus filhotes!

Vive ao longo de toda a costa da América do Sul, desde o Peru até o Sul do Brasil. Em nosso litoral, é encontrado principalmente no Rio Grande do Sul – no Refúgio da Vida Silvestre da Ilha dos Lobos, em Torres; e na Reserva de Vida Silvestre do Molhe Leste, em São José do Norte.

É uma das maiores espécies de leão-marinho. O macho pode chegar a 2,80 metros de comprimento e 350 quilos de peso, e a fêmea a 2,20 metros e 150 quilos. Alimenta-se de uma grande variedade de animais, incluindo peixes, crustáceos e lulas. Vive em média 20 anos.

Nome científico: *Otaria byronia*.

Tartaruga-oliva

Ela ganhou esse nome porque sua carapaça tem uma cor cinza esverdeada, semelhante à de uma azeitona. É a menor de todas as tartarugas marinhas em águas brasileiras, medindo cerca de 60 centímetros e pesando em torno de 65 quilos.

Come um pouquinho de tudo que existe no mar: peixes, moluscos, crustáceos (principalmente camarões), plantas aquáticas, águas-vivas e ovos de peixe.

Habita mares tropicais e subtropicais nos oceanos Pacífico, Índico e Atlântico, quase sempre em águas rasas, mas também pode ser encontrada em mar aberto. Registros indicam 290 metros como uma das maiores profundidades já alcançadas por uma tartaruga-oliva durante um mergulho.

No Brasil, concentra suas desovas no estado de Sergipe.

Nome científico: *Lepidochelys olivacea*.

Boto

O boto tem também outros nomes: golfinho-comum, golfinho-nariz-de-garrafa, golfinho-roaz ou roaz-corvineiro. É uma espécie muito famosa por ser bastante inteligente e participar de muitos shows em parques temáticos do mundo inteiro. Quando adulto, pode medir de 1,9 a 3,8 metros, e seu peso varia de 270 a 370 quilos.

Alimenta-se de peixes, lulas e, às vezes, de polvos. Vive em águas tropicais, subtropicais e temperadas de todos os oceanos. No Brasil, ocorre do Rio Grande do Sul à costa do Amapá. São encontrados em regiões costeiras, lagoas, estuários, ilhas e águas oceânicas. Os maiores botos do mundo estão no Brasil, na Lagoa dos Patos, onde alcançam 4 metros de comprimento.

As principais ameaças contra ele são as capturas acidentais em redes de pesca e a degradação dos ambientes costeiros.

Nome científico: *Tursiops truncatus*.

Belezura marinha

Para saber mais, conheça alguns projetos e instituições que contribuem para a conservação dos animais marinhos e seus ambientes no litoral brasileiro. Os animais ameaçados de extinção merecem nossa atenção!

Projeto Peixe-Boi – Fundação Mamíferos Aquáticos
www.mamiferosaquaticos.org.br

Projeto Golfinho Rotador – Centro Golfinho Rotador
www.gofinhorotador.org.br

Projeto Baleia Franca – Instituto Baleia Franca
www.baleiafranca.org.br

Projeto Baleia Jubarte – Instituto Baleia Jubarte
www.baleiajubarte.com.br

Projeto Tamar – Fundação Pró-Tamar
e Centro Tamar/ICMBio
www.tamar.com.br

Instituto Chico Mendes de Biodiversidade
www.icmbio.gov.br

A marca FSC é a garantia de que a madeira utilizada na fabricação do papel interno deste livro provém de florestas de origem controlada e que foram gerenciadas de maneira ambientalmente correta, socialmente justa e economicamente viável.

Livro verde
Este livro é verde porque foi impresso em papel certificado pelo Conselho Brasileiro de Manejo Florestal (FSC) em gráfica que faz parte da sua cadeia de custódia.

O que é o selo verde?
Selo verde é uma certificação concedida pelo FSC – Forest Stewardship Council (Conselho de Manejo Florestal) – que dá a melhor garantia disponível de que a atividade madeireira para a produção do papel em que os livros são impressos ocorre de maneira legal e não acarreta a destruição das florestas primárias, como a Amazônia.

Os autores

O poeta Lalau e a ilustradora Laurabeatriz se conheceram em 1994. De lá para cá, produziram dezenas de títulos para crianças. E não pensam em parar tão cedo! A fauna brasileira é um dos temas preferidos da dupla. Já fizeram livros sobre animais das florestas, matas, rios, montanhas, cerrado, caatinga, pantanal, dos quatro cantos do país. Agora, eles entram no mar, e mostram algumas das maravilhas que encantam nosso litoral.

Lalau é paulista e publicitário.
Laurabeatriz é carioca e artista plástica.